皮皮和爺爺

Lucy Kincaid 著

Eric Kincaid 繪

沈品攸 譯

三民書局

Grandpa and Me   ISBN 1 85854 778 4
Written by Lucy Kincaid and illustrated by Eric Kincaid
First published in 1989
Under the title Read to Me Stories
by Brimax Books Limited
4/5 Studlands Park Ind. Estate,
Newmarket, Suffolk, CB8 7AU

狂風天
A Windy Day

It is a **windy** day. Grandma is **washing sheets**.
Pipkin is helping her.

今天是個大風天。奶奶正在洗床單，皮皮在旁邊幫忙。

wind [wɪnd]
名 風

soon [sun]
副 馬上

blow [blo]
動 吹

dry [draɪ]
形 乾的

"The **wind** will **soon blow** the sheets **dry**," says Grandma.

「風ㄈㄥ很ㄏㄣˇ快ㄎㄨㄞˋ就ㄐㄧㄡˋ會ㄏㄨㄟˋ把ㄅㄚˇ床ㄔㄨㄤˊ單ㄉㄢ吹ㄔㄨㄟ乾ㄍㄢ喔ㄛ！」奶ㄋㄞˇ奶ㄋㄞˇ說ㄕㄨㄛ。

3

wait [wet] 動 等待	

next [nɛkst]
形 下一個的

peg [pɛg]
名 衣夾

fast [fæst]
副 快地

Grandma is **waiting** for the **next peg**.
"Can you go a little **faster**?" she asks.

奶ㄋㄞˇ奶ㄋㄞˇ正ㄓㄥˋ等ㄉㄥˇ著ㄓㄜ˙下ㄒㄧㄚˋ一ㄧ個ㄍㄜˋ衣ㄧ夾ㄐㄧㄚˊ。
「你ㄋㄧˇ可ㄎㄜˇ以ㄧˇ快ㄎㄨㄞˋ點ㄉㄧㄢˇ兒ㄦ嗎ㄇㄚ˙？」她ㄊㄚ問ㄨㄣˋ。

4

still [stɪl]
副 還，仍然

hang [hæŋ]
動 懸掛

hang up
吊起

idea [aɪˋdiə]
名 點子

Grandma is called away. There are **still** two sheets left to **hang up**. Pipkin has an **idea**.

奶奶被叫走了，還剩下兩件床單沒晾。皮皮有了個點子。

ipkin asks Grandpa to help.
"This is not **as easy as** it looks," says Grandpa.

皮ㄆㄧˊ皮ㄆㄧˊ叫ㄐㄧㄠˋ爺ㄧㄝˊ爺ㄧㄝˊ來ㄌㄞˊ幫ㄅㄤ忙ㄇㄤˊ。
「這ㄓㄜˋ可ㄎㄜˇ不ㄅㄨˋ像ㄒㄧㄤˋ你ㄋㄧˇ看ㄎㄢˋ到ㄉㄠˋ的ㄉㄜ那ㄋㄚˋ樣ㄧㄤˋ簡ㄐㄧㄢˇ單ㄉㄢ喔ㄛ！」爺ㄧㄝˊ爺ㄧㄝˊ說ㄕㄨㄛ。

play [ple]
動 玩

trick [trɪk]
名 惡作劇

pull [pʊl]
動 拉

loose [lus]
形 鬆開的

The wind is **playing tricks**. It is **pulling** at the pegs. The pegs are getting **loose**.

風ㄈㄥ在ㄗㄞˋ惡ㄜˋ作ㄗㄨㄛˋ劇ㄐㄩˋ，它ㄊㄚ扯ㄔㄜˇ動ㄉㄨㄥˋ著ㄓㄜ衣ㄧ夾ㄐㄧㄚ，使ㄕˇ得ㄉㄜˊ衣ㄧ夾ㄐㄧㄚ慢ㄇㄢˋ慢ㄇㄢˋ地ㄉㄧˋ鬆ㄙㄨㄥ開ㄎㄞ。

hard [hard]
副 猛烈地

fly [flaɪ]
動 飛

air [ɛr]
名 天空

The wind blows very **hard**.
The pegs **fly** into the **air** like birds.

風ㄈㄥ吹ㄔㄨㄟ得ㄉㄜ好ㄏㄠˇ猛ㄇㄥˇ烈ㄌㄧㄝˋ喲ㄧㄠ！
衣ㄧ夾ㄐㄧㄚ就ㄐㄧㄡˋ像ㄒㄧㄤˋ鳥ㄋㄧㄠˇ兒ㄦˊ一ㄧ樣ㄧㄤˋ，飛ㄈㄟ上ㄕㄤˋ天ㄊㄧㄢ空ㄎㄨㄥ去ㄑㄩˋ了ㄌㄜ。

look out
小心

shout [ʃaut]
動 叫喊

late [let]
形 慢的，遲的

Pipkin can see what is going to happen.

"**Look out**, Grandpa!" he **shouts**. He is too **late**.

皮ㄆ皮ㄆ可ㄎ以ㄧˇ預ㄩˋ期ㄑ接ㄐㄝ下ㄒㄧㄚ來ㄌㄞ會ㄏㄨㄟˋ發ㄈㄚ生ㄕㄥ什ㄕ麼ㄇㄜ事ㄕˋ情ㄑㄧㄥˊ了ㄌㄜ。
「小ㄒㄧㄠˇ心ㄒㄧㄣ啊ㄚ！爺ㄧㄝˊ爺ㄧㄝ！」他ㄊㄚ叫ㄐㄧㄠˋ喊ㄏㄢˇ起ㄑㄧˇ來ㄌㄞ，可ㄎㄜˇ是ㄕˋ遲ㄔˊ了ㄌㄜ一ㄧ步ㄅㄨˋ。

9

move [muv]
勔 移動

wrap [ræp]
勔 纏住

Before Grandpa can **move**, a flying sheet **wraps** itself around him. "Help!" shouts Grandpa.

爺ㄧㄝˊ爺ㄧㄝˊ還ㄏㄞˊ來ㄌㄞˊ不ㄅㄨˋ及ㄐㄧˊ移ㄧˊ動ㄉㄨㄥˋ，一ㄧˋ張ㄓㄤ飛ㄈㄟ舞ㄨˇ的ㄉㄜˊ床ㄔㄨㄤˊ單ㄉㄢ便ㄅㄧㄢˋ已ㄧˇ經ㄐㄧㄥ把ㄅㄚˇ他ㄊㄚ團ㄊㄨㄢˊ團ㄊㄨㄢˊ纏ㄔㄢˊ住ㄓㄨˋ。「救ㄐㄧㄡˋ命ㄇㄧㄥˋ啊ㄚ！」爺ㄧㄝˊ爺ㄧㄝˊ大ㄉㄚˋ喊ㄏㄢˇ。

untangle
[ʌnˋtæŋgl̩] 動 解開

tangle [ˋtæŋgl̩]
動 糾結，纏住

The more Pipkin tries to **untangle** Grandpa, the more **tangled** Grandpa gets.

皮ㄆㄧˊ皮ㄆㄧˊ越ㄩㄝˋ想ㄒㄧㄤˇ幫ㄅㄤ爺ㄧㄝˊ爺ㄧㄝˊ解ㄐㄧㄝˇ開ㄎㄞ，爺ㄧㄝˊ爺ㄧㄝˊ就ㄐㄧㄡˋ被ㄅㄟˋ纏ㄔㄢˊ得ㄉㄜˊ越ㄩㄝˋ緊ㄐㄧㄣˇ！

scream [skrim]
動 尖聲大叫

think [θɪŋk]
動 想，認為

fight [faɪt]
動 打架

ghost [gost]
名 鬼

Grandma **screams**.
She **thinks** Pipkin is **fighting** with a **ghost**.

奶ㄋㄞˇ奶ㄋㄞˊ尖ㄐㄧㄢ叫ㄐㄧㄠˋ。
她ㄊㄚ以ㄧˇ為ㄨㄟˊ皮ㄆㄧˊ皮ㄆㄧˊ在ㄗㄞˋ和ㄏㄢˋ鬼ㄍㄨㄟˇ打ㄉㄚˇ架ㄐㄧㄚˋ呢ㄋㄜ˙！

afraid [ə`fred]
形 害怕的

only [`onlɪ]
副 只

"**D**on't be **afraid**," says Pipkin. "It's **only** Grandpa."
"Get me out of here!" shouts Grandpa.

「別ㄅㄧㄝˊ怕ㄆㄚˋ！別ㄅㄧㄝˊ怕ㄆㄚˋ！」皮ㄆㄧˊ皮ㄆㄧˊ說ㄕㄨㄛ。「這ㄓㄜˋ只ㄓˇ是ㄕˋ爺ㄧㄝˊ爺ㄧㄝˊ啦ㄌㄚ！」
「放ㄈㄤˋ我ㄨㄛˇ出ㄔㄨ來ㄌㄞˊ啊ㄚ！」爺ㄧㄝˊ爺ㄧㄝˊ大ㄉㄚˋ叫ㄐㄧㄠˋ。

13

charge [tʃɑrdʒ]
名 責任，管理

take charge
負責

unwind
[ʌnˋwaɪnd] 動 解開

Grandma **takes charge**.
"Keep still," she says to Grandpa.
"**Unwind** that way," she says to Pipkin.

奶ㄋㄞ˙奶ㄋㄞ終ㄓㄨㄥ於ㄩˊ插ㄔㄚ手ㄕㄡˇ了ㄌㄜ˙。
「不ㄅㄨˋ要ㄧㄠˋ動ㄉㄨㄥˋ！」她ㄊㄚ對ㄉㄨㄟˋ爺ㄧㄝˊ爺ㄧㄝˊ說ㄕㄨㄛ。
「那ㄋㄚˋ樣ㄧㄤˋ就ㄐㄧㄡˋ可ㄎㄜˇ以ㄧˇ解ㄐㄧㄝˇ開ㄎㄞ了ㄌㄜ˙！」她ㄊㄚ對ㄉㄨㄟˋ皮ㄆㄧˊ皮ㄆㄧˊ說ㄕㄨㄛ。

14

"Are you all right?" asks Pipkin.
"I think so," says Grandpa.
Grandma takes the sheet to wash it again.

「您3還_{ㄏㄞ}好_{ㄏㄠ}嗎_{ㄇㄚ}？」皮_{ㄆ一}皮_{ㄆ一}問_{ㄨㄣ}。
「我_{ㄨㄛ}想_{ㄒㄧㄤ}是_ㄕ吧_{ㄅㄚ}！」爺_{一ㄝ}爺_{一ㄝ}說_{ㄕㄨㄛ}。
奶_{ㄋㄞ}奶_{ㄋㄞ}把_{ㄅㄚ}床_{ㄔㄨㄤ}單_{ㄉㄢ}拿_{ㄋㄚ}去_{ㄑㄩ}再_{ㄗㄞ}洗_{ㄒㄧ}一_一次_ㄘ。

gasp [gæsp]
動 喘氣

"Look up there!" **gasps** Pipkin.
"What shall we do, Grandpa?"

「您看上面！」皮皮喘著氣說。
「我們該怎麼辦呢？爺爺？」

16

cross [krɔs]
形 生氣的

roof [ruf]
名 屋頂

quickly [`kwɪklɪ]
副 迅速地

Grandma will be **cross** if she sees the sheet on the **roof**. They must do something **quickly**.

奶奶如果看到屋頂上的床單，一定會很生氣的。他們得趕緊行動啊！

17

hurry [ˋhɝɪ]
> 勔 趕快

hurry up
> 趕快

whisper [ˋhwɪspɚ]
> 勔 低聲說

"**H**urry up!" **whispers** Pipkin.
"I am hurrying!" whispers Grandpa.
Grandpa has hidden the sheet.

「快_{ㄎㄨㄞˋ}點_{ㄉㄧㄢˇ}啦_{ㄌㄚ}！」皮_{ㄆㄧˊ}皮_{ㄆㄧˊ}小_{ㄒㄧㄠˇ}聲_{ㄕㄥ}地_{ㄉㄜ˙}說_{ㄕㄨㄛ}。
「我_{ㄨㄛˇ}在_{ㄗㄞˋ}快_{ㄎㄨㄞˋ}了_{ㄌㄜ˙}呀_{ㄧㄚ˙}！」爺_{ㄧㄝˊ}爺_{ㄧㄝ˙}小_{ㄒㄧㄠˇ}聲_{ㄕㄥ}地_{ㄉㄜ˙}回_{ㄏㄨㄟˊ}答_{ㄉㄚˊ}。
爺_{ㄧㄝˊ}爺_{ㄧㄝ˙}把_{ㄅㄚˇ}床_{ㄔㄨㄤˊ}單_{ㄉㄢ}藏_{ㄘㄤˊ}了_{ㄌㄜ˙}起_{ㄑㄧˇ}來_{ㄌㄞˊ}。

18

make sure
確定

push [pʊʃ]
動 推

Grandpa **makes sure** the sheet will not blow
away again. He **pushes** the pegs down very hard.

爺爺確定床單不會再被風吹走了。他很用力
地把夾子緊緊夾在床單上。

19

pull off
拉掉

either [ˋiðɚ]
副 也

The wind cannot **pull** the pegs **off**.
Grandma cannot pull the pegs off **either**.
Pipkin goes to get Grandpa.

這ㄓㄜˋ會ㄏㄨㄟˋ兒ㄦ，風ㄈㄥ沒ㄇㄟˊ法ㄈㄚˇ兒ㄦ扯ㄔㄜˇ掉ㄉㄧㄠˋ夾ㄐㄧㄚ子ㄗ了ㄌㄜ。
結ㄐㄧㄝ果ㄍㄨㄛˇ，連ㄌㄧㄢˊ奶ㄋㄞˇ奶ㄋㄞˇ也ㄧㄝˇ沒ㄇㄟˊ法ㄈㄚˇ兒ㄦ扯ㄔㄜˇ掉ㄉㄧㄠˋ夾ㄐㄧㄚ子ㄗ！
皮ㄆㄧˊ皮ㄆㄧˊ跑ㄆㄠˇ去ㄑㄩˋ找ㄓㄠˇ爺ㄧㄝˊ爺ㄧㄝˊ幫ㄅㄤ忙ㄇㄤˊ。

"How did your **sweater** get like that?" asks Grandma. Grandpa and Pipkin know, but they are not telling.

「你的毛衣怎麼弄成這樣呢？」奶奶問。
答案只有爺爺和皮皮知道！不過他們是不會說的！

21

只要你選對了英文辭典
學英文不難

三民皇冠英漢辭典 （革新版）

—— 大學教授一致推薦，最適合中學生的辭典！

◐ 明顯標示中學生必學的507個單字和最常犯的錯誤，淺顯又易懂！

◐ 收錄豐富詞條及例句，幫助你輕鬆閱讀課外讀物！

◐ 詳盡的「參考」及「印象」欄，讓你體會英語的「弦外之音」！

三民精解英漢辭典

—— 一本真正賞心悅目，趣味橫生的英漢辭典！

◐ 常用基本字彙以較大字體標示，並搭配豐富的使用範例。

◐ 以五大句型為基礎，讓你更容易活用動詞型態。

◐ 豐富的漫畫式插圖，讓你輕鬆快樂地學習。

網際網路位址　http://www.sanmin.com.tw

ⓒ 狂 風 天

著作人　Lucy Kincaid
繪圖者　Eric Kincaid
譯　者　沈品攸
發行人　劉振強
著作財　三民書局股份有限公司
產權人
　　　　臺北市復興北路二八六號
發行所　三民書局股份有限公司
　　　　地址／臺北市復興北路三八六號
　　　　電話／二五〇〇六六〇〇
　　　　郵撥／〇〇〇九九九八——五號
印刷所　三民書局股份有限公司
門市部　復北店／臺北市復興北路三八六號
　　　　重南店／臺北市重慶南路一段六十一號
初　版　中華民國八十八年十一月
編　號　S85525
定　價　新臺幣壹佰柒拾元整

行政院新聞局登記證局版臺業字第〇二〇〇號

有著作權·不准侵害

ISBN　957-14-3070-6 (精裝)